3 4028 09429 4205
HARRIS COUNTY PUBLIC LIBRARY

S0-EIL-284

María Teresa Andruetto,
Arroyo Cabral, Córdoba, Argentina, 1954. Desde una granja en las sierras cordobesas, esta argentina se ha ganado con sus libros el corazón de grandes y chicos de todo el mundo. En ellos cuenta historias cargadas de recuerdos y nostalgias; de mujeres y hombres solitarios; de angustias por su país y también, en medio de estos sentimientos, de una gran alegría de vivir. En sus novelas pasa la vida misma, despacio, como en su tierra, escenario de la mayoría de ellas. Además de la poesía, que escribe apasionadamente, se ha dedicado por años a la enseñanza y a la reflexión sobre la literatura infantil. Recibió en 2009 el V premio Iberoamericano SM de Literatura Infantil y Juvenil y en 2012 el mayor galardón que se otorga a un autor de libros para niños y jóvenes, el Premio Hans Christian Andersen.

Daniel Rabanal,
Buenos Aires, Argentina, 1949. Después de un fatídico encuentro con la dictadura militar Argentina, se radicó en 1990 en Bogotá, donde se convirtió en uno de los más reconocidos ilustradores de caricatura, historieta y libros para niños. Hoy, reconciliado con su historia, y radicado nuevamente en Buenos Aires, acompaña a María Teresa en la narración de uno de los episodios más dolorosos de la historia reciente de la Argentina.

frontera ilustrada

LOS AHOGADOS

MARÍA TERESA ANDRUETTO+DANIEL RABANAL

Venían caminando

...le quitaron los matorrales de sargazos, los filamentos de medusas y los restos de cardúmenes y naufragios que llevaba encima, y sólo entonces descubrieron que era un ahogado.

El ahogado más hermoso del mundo
GABRIEL GARCÍA MÁRQUEZ

desde lo profundo de la noche,

casi sin hablar, pasando cada tanto al hijo de los brazos de uno a los del otro. Ahora estaban ya en el pueblo, no más de doscientas casas, las persianas bajas, todo cerrado a esa hora de la mañana, bajo los focos de alumbrado. Venían desde quién sabe dónde y así siguieron por la costa, junto al agua, por la playa ancha de arena clara, castigados por otra arena, la que soplaba desde las dunas. Esperaban que nadie los hubiera visto y por fortuna no vieron a nadie, tampoco ventanas iluminadas; no más seres vivos que algunos pájaros de patas negras picoteando en la playa y muy allá al fondo, casi sobre el agua, un bulto, como una ballena o un elefante marino. Habían estado en ese lugar otra vez, una nomás, cuando eran novios, unas vacaciones con los padres y la hermanita de ella, y se habían metido todos juntos en una habitación al fondo de un patio. Una tarde salieron en busca de refugio para los dos y descubrieron la casa abandonada, la casa más allá de las dunas, en ese pueblo junto al río ancho como un mar, que crecía en el verano, multiplicado por las carpas, las casas rodantes y los alojamientos baratos.

Habían empezado a caminar el día anterior, al atardecer, sin más equipaje que una mochila y siguieron, sin medir las horas ni el cansancio, durante toda la noche. Amanecía y con la luz que se filtraba entre las nubes, le llegó a ella una tristeza, la misma de cuando era chica y miraba desde su casa el horizonte de pastizales y soñaba con irse a la ciudad. El pueblo vacío a esa hora tan temprana, antes que naciera completamente el día, y las aguas del gran estuario planchadas, como si nada ni nadie viviera, un sitio muerto a esa hora de la mañana y los tres todavía vivos buscando dónde alojarse. El aire helado, a pesar del sol allá lejos, sobre el agua.

Caminaron a todo lo largo de la playa, por la costa hasta el final de la bahía, con la arena en los zapatos de él y en las zapatillas de ella, con los pies mojados ella porque en algún lugar, a alguna hora de la noche, la había salpicado la cresta de una ola. Aunque iban con lo puesto, nomás la mochila que cargaba él con algunos víveres y ropa para el hijo, muy poco para ellos, no se hubiera podido decir que iban livianos, sin carga. El desvío era apenas una huella, pero él guiaba y parecía seguro de que iban en buena dirección; se lo veía, pese a todo, animado o tal vez le quería dar ánimo a ella, marchando hacia su objetivo, convencido de la eficacia de alcanzarlo. En cambio ella iba como arrastrada por él, tan cansada; durante la noche, varias veces creyó que se dormía de pie, pequeñas ausencias que la llevaban a otros mundos y otros tiempos y que, en el brusco despertar, la agobiaban con la desazón de andar por la costa infinita, en busca de una casa.

¿Estará desocupada?, preguntó justo cuando el hijo, que cargaba a veces a un costado y a veces en el otro para aligerar el peso, empezó a llorisquear. *Seguro que sí*, contestó él, pero el tono en que lo dijo contradecía a las palabras. Entonces ella, sin dejar de caminar, se levantó el buzo y lo metió debajo para que le mamara, aunque el chico ya era grande y ella ya casi no tenía leche. *Tenés que tranquilizarte*, dijo él, *¿no ves que se pone nervioso?* Venían desde el fondo de la noche, horas al borde de

la playa, con los pies entumecidos, con la planta de los pies ardida por la fricción de la piel con los zapatos, las zapatillas, por la fricción de las zapatillas y los zapatos con el suelo, pero alguna fuerza le renació a ella, alguna esperanza, al ver que estaban cerca del final de la bahía; faltaba nomás el sendero que allá al fondo iba desde la playa hacia las dunas, hasta más allá de las dunas. No se veía a nadie por ninguna parte, caminaban por el desierto, pero ella no dejó de pensar que en verano, entre las carpas, en medio de la gente, quizás todo hubiera sido mejor; el miedo de que en un desierto como éste tal vez alguien, desde alguna ventana, con la luz apagada, los estuviera viendo…

Antes de llegar al desvío hacia la casa, vieron un bulto sobre la playa. Ya durante la noche les pareció haber visto otros a lo lejos, caballos quizás o lobos marinos, pero ahora, desde más cerca, vieron que al menos éste no era un animal sino un ahogado, un muerto que la marea había arrastrado. Ella tuvo un impulso, apenas un movimiento del cuerpo, un temblor, pero él la sostuvo y siguieron. Cerca, muy cerca, vieron que este ahogado tenía la cara cubierta de algas y también restos de otra cosa, barro tal vez; era un hombre joven, largo, flaco, vestido y calzado. *Otro más*, dijo ella y él miró hacia el mar y hacia adentro, hacia atrás también y aunque no había un alma en ninguna parte, la tomó del brazo con firmeza y la giró hacia las dunas.

●

Los dos se habían criado en un pueblo, en distintos pueblos de la llanura. Cerca del pueblo de ella pasaba un río, no tan grande como este río, pero caudaloso, barroso. Antes de conocerlo a él, ella solía ir en el verano con sus amigas a ver a los chicos de otros pueblos, a los varones del Industrial de una ciudad próxima. Llegaban hasta el puente las chicas y tomaban por la costa, hasta una pequeña playa, un remanso en los barrancones, entre los pastizales. También era traicionero aquel río, porque el agua cavaba pozos en el lecho y a veces ellas se largaban en la parte baja, confiadas, y no lograban hacer pie. Había ido aquella vez con las amigas y flotaba en medio del río, con el agua sucia de los ríos de llanura cubriéndole el cuerpo, tratando de tocar fondo, afuera apenas la cabeza. Había aprendido a nadar en ese río, se lo había enseñado su padre, y lejos de asustarse o sentirse perdida, tenía demasiada confianza. Atravesó la parte más honda, brazada a brazada, y de pronto estaba tragándola el agua, un remolino…, no sabe cómo hizo para llegar hasta una rama, para colgarse con el cuerpo sumergido, rechinando los dientes, prendida a ese sauce acostado sobre el agua, hasta que la alcanzó Daniel. Dentro del agua no se escuchan gritos ni se ven gestos, es como si ya se estuviera ahogando; *¡Aguantá que podés!*, gritaban las amigas y los chicos del Industrial, la gente amontonada en la orilla, hasta que un manotazo la acercó a un sueño y los pies volvieron a apoyarse en tierra. A ella ya le gustaba Daniel, el chico más lindo del Industrial, pero desde aquella tarde empezó a interesarle en forma, porque llegaron a la orilla, ella cargada sobre la espalda de él, y él la depositó en el suelo y la abrazó, tan cerca los dos, tan pegados el uno al otro, que ella sintió el bulto empujando bajo su pantalón de baño. Entera estaba entonces y el deseo era amplio como un río, como un mar o como el campo inmenso; después Daniel había ido y vuelto muchas veces, hasta que quedó embarazada.

De tanto escucharse por dentro, los pensamientos empiezan a hacerle daño, colgada como está de aquel árbol, vomitando agua barrosa en el agua. *Bajo el río no*, piensa ella, pero tampoco lo que había hecho él, insistir en sacar la cabeza, en sacarla tercamente en defensa de otros. Recuerda sobre todo el momento en que él la cargó sobre su espalda, de repente los dos se habían convertido en héroes. A veces pasan cosas que no pueden explicarse y todo deja de ser real, como esos minutos o siglos en los que estuvo colgada de una rama o como cuando camina dormida despierta por una playa con su hijo en brazos. Se hunde en sus pensamientos, se hunde tanto a veces que pueden pasar cosas afuera y ella ni se da cuenta. Colgada de una rama, a mitad de camino entre una y otra orilla, recuerda el día en que se enamoró de Daniel y todo cambió para siempre. Nada desde que tiene memoria, a ese río barroso le enseñó a entrar su padre, pero ya no tiene el valor de largarse, ni la confianza. A veces se fuerza en pensar en algo que la sostenga, pensar por ejemplo en cómo era Daniel cuando no le importaban otras cosas más que él y ella.

●

Fines de mayo. La humedad pega las agujas de pino en el patio que rodea a la casa, hace frío y tras el cerramiento de maderas rotas hay olor a salitre y a moho. Dentro del pantalón gris y el buzo de frisa que le queda demasiado grande, ella va y viene sin poder concentrarse; le sucede desde hace tiempo, todo el tiempo. Vive con la cabeza en Daniel y en el hijo, *¿qué vida le van a dar a ese hijo?*, y en la casa que él trata de arreglar con lo que encuentra en el patio, bajo el cobertor de chapas, cerca de la leña. En estos días han hecho varias cosas, comenzaron una huerta, él trajo semillas en la mochila, lechuga, acelga, repollo, puerro; tal vez tengan que volverse vegetarianos. Ella sabe que son peces fuera del agua, lejos de todos, lejos de casa; se sientan por las tardes, cuando el sol calienta, en una piedra grande que está en el patio, entre los árboles, y se quedan sin decir palabra, escuchando los gorjeos del hijo, sus gorgoteos, apagándole el llanto. El cielo está azul a veces, como un vestido de verano, o el hijo quiere dormir pero no duerme y entonces ella le canta despacito mirando al suelo, al día, al aire, con el cabello oscuro, muy lacio, atado atrás con una gomita. Él pregunta *¿en qué pensás?*, ella no piensa en nada. El viento peina los pinos, todo el mundo está escuchándolos, *¿quién hay?*, *¿quién anda?*; allá lejos un ruido, algo se sacude, como un chirlo, como un chasquido sobre el agua. El hijo duerme, el padre lo levanta y lo lleva hacia la casa; se ha hecho tarde y la luz ha bajado, por eso encienden el farolito, un quemador a alcohol, en la pieza que habilitaron como dormitorio. Brilla apenas esa luz, pero llega hasta la ventana con vidrios sucios que ella, que él, han preferido no limpiar. Se hunden los dos en el colchón de lana, aplastado, apolillado, duermen casi sobre los resortes y algunas veces hasta hacen el amor. Él le dice *no estés triste, ya va a pasar*. Ella lo aprieta, le muerde el brazo, el hombro, *¿por qué todo esto?*, pero se arrepiente, igual lo quiere, hablan con las voces bajas, un susurro. A veces, por las noches, el cielo está estrellado y hay mugidos de vacas o relinchos en los alrededores, y ella piensa que alguien puede avanzar por el sendero de yuyos altos que no han querido cortar, aventurarse hasta el olor a humedad y a peces o a bestias o a cuerpos mojados. *¿Hasta cuándo vamos a estar aquí?*, pregunta, pero su voz se apaga, se diría que antes de terminar la frase; *hasta que las cosas mejoren...*, responde él y extiende la mano, pero no la alcanza. Ella asiente, *vamos a la cama*, es como retroceder en el tiempo, así se empieza, y le abre camino hasta el dormitorio donde ya duerme el hijo, los dos bajo el resplandor de la pequeña llama. A lo lejos, el ladrido de los perros se desplaza por los campos, unos con otros se contestan en la noche y ella tiene miedo de que alguien entienda lo que dicen, de que otros sepan lo que pasa. Al despertarse, descubre que está vestida, que han dormido así, es por el frío.

●

No hay más remedio que bajar al pueblo a hacer compras, querosén, fósforos, harina, yerba, arroz, jabón blanco… Cuidan el dinero porque no saben hasta cuándo tendrán que quedarse, pero el mayor problema no es ése sino ir al pueblo, llegar hasta la despensa de la Chicha Méndez, responder a las preguntas que ella seguramente va a hacerle a un forastero y traspirar hielo como la tarde en que tocaron el timbre en lo del delegado de la fábrica y en lugar del amigo encontraron a un comando, seis monos de dos metros, y los llevaron a la comisaría. Una semana los tuvieron, apretándolos;

después los dejaron ir y él supo que los largaban como señuelo, que los vigilaban, y entonces ya no se quedaron quietos en ninguna parte, empezaron a mudarse como un bote que se sale de madre y va a los tumbos de una orilla a otra. Meses boyando, hasta que él se acordó de la casa escondida tras el bosquecito de pinos; la casa que descubrieron cuando eran novios, buscando dónde hacer el amor, la que tratan de volver habitable. En estos días y en el vacío de los días que vendrán, él ya logró arreglar, con unas herramientas oxidadas, la cerradura maltrecha; puso clavos y remiendos en las ventanas y en la puerta, en la mesa y en un banco arrumbado en el patio. El golpe de una piedra sobre los clavos, el chirrido de esos clavos en la madera, hace pensar en la rutina de una casa de campo. La llovizna de mayo humedece el techo, el suelo, el patio; trae cierta alegría de estar juntos los tres, pese a todo, protegidos. Pero hay que ir al pueblo, hay que ir ni bien escampe, porque ya no tienen fósforos y se han quedado casi sin harina, sin aceite, sin querosén, sin jabón blanco.

Los nubarrones han pintado un cielorraso sobre la playa, se diría que viajan, que se trasladan con él hasta la capilla y un poco más también, hasta la despensa. Le arde el estómago. Parece cerrada la despensa, las persianas bajas, pero toca apenas la puerta y la puerta se abre. No hay casi luz. Detrás del mostrador, la mujer mira televisión, come una rodaja de salame, y él clavado al piso, en ese almacén, boliche, kiosco de una tal Chicha Méndez. Le crece el silencio en la boca, saliva que no puede tragar; todo saldrá bien, se repite, la mujer no preguntará y si pregunta… él vive en un campo hacia el sur, camino a Santa Clara, sus suegros cuidan una chacrita, ha venido a ayudarlos, ¿el apellido?, Ramírez, sí, Ramírez. Es invierno en el almacén; afuera nubarrones y el viento que saca sonidos en el aire;

en alguna parte, se oye torear a los perros, bramar a una bestia, puede oír cómo se sacude en el pecho su corazón.

●

Ella limpia, friega y raspa una pava y unas cacerolas de aluminio abollado, unas cacerolas con una costra gruesa debajo y a los costados. También encontró ropa en lo alto de un placar, casi toda de hombre; aunque un poco holgados, a Daniel le van esos pulóveres y esos pantalones, para ella es ropa demasiado grande, pero cree que puede arreglarla. Ha fregado y raspado también el fogón de piedra carcomida y encontró, para hacer fuego, una pila de diarios y revistas de otra época, todo muy sucio, como si hubieran estado de mudanza y hubieran dejado todo sin levantar. No recordaba haber visto nada de eso aquella tarde de hace años cuando entraron para hacer el amor; puede que haya sido la urgencia del momento, pero más bien le parece que no hace mucho ha de haber vivido gente; tal vez tuvieron que irse. Friega con la cabeza en otra parte, atenta sólo al llanto del hijo; que nadie lo oiga llorar. Mientras, Daniel arregla las maderas destartaladas, mejora el cerramiento de las ventanas y las puertas, busca leña y remienda unos pulóveres rotos, comidos por las polillas, para atemperar el frío de este otoño y del invierno que vendrá. El jardín, lo han decidido, quedará lleno de yuyos, con el aspecto de una casa desocupada desde hace mucho, desde quién sabe cuándo, porque ahora que recuerdan, aquel verano que la descubrieron, alguien les dijo que la casa de los pinos había sido refugio de niños alemanes protegidos por unos curas.

●

¿Nuevo por acá?, preguntó la Chicha Méndez, de la cintura para abajo gorda, muy gorda, lo que le daba al caminar, un balanceo, como una barcaza sobre el agua. Envolvió la harina, la yerba, el azúcar en papel de estraza y en el papel hizo repulgos, como de empanadas. *Más o menos*, dice él, *mis suegros son de la zona, gente de campo, cuidan una chacrita camino a Santa Clara, vine a pedirles ayuda, porque enviudé, vine con mi hijita..., pobre hija, no cumplió el año y ya sin su madre*. La mujer tomó una rodaja de pan y una de salame y se la dio, *Cuánto lo siento, viudo tan joven y con una criatura…, Dios sabrá por qué hace lo que hace, creo que con tantas zonceras que le pedimos, a veces se confunde o se distrae… ¿Algo más?* Él repasa: harina, azúcar, yerba, jabón, fósforos…, *No, gracias, por ahora nada más*. Ella corta otra rodaja de salame y se la ofrece *Ya sabe, lo que necesite, estamos para servirle… Le preguntaba si era nuevo, porque*

últimamente se ve gente rara en el pueblo y, como están las cosas, una tiene miedo de que sean guerrilleros.

●

Daniel ceba mate para los dos; el hijo dormido en los brazos de ella que mira lejos, o dentro de sí o quién sabe hacia dónde, que en el estupor pregunta *¿Le puedo escribir a mamá, avisarle dónde estamos?*

—*No es conveniente* —dice él.

—*No es conveniente, no es conveniente… ¿hasta cuándo no es conveniente?*

—*La mujer del almacén dice que en la zona hay guerrilleros…*

—*¿Sabe que estamos acá?*

—*¿En esta casa?, ¿estás loca?*

—*¿Y dónde le dijiste que estamos? ¿Le dijiste a ella dónde estamos y yo no se lo puedo decir a mamá?*

—¡Por favor, calmate! Le dije que soy viudo, que trabajo en un campo y voy a bajar cada tanto al pueblo a hacer compras.

—¿Y ella qué dijo?

—...Que me cuidara, porque hay gente rara, comunistas...

—¿Eso dijo?

—También habló de los ahogados..., yo creía que era nomás el que vimos en la playa, pero hay otros, mujeres también..., casi todos jóvenes... Ella no cree que sean turistas..., porque están vestidos... Dice que ayer encontraron a dos mujeres hacia el lado de Cabo Grande..., que capaz que trabajaban en algún barco pesquero, una de esas factorías que procesan el pescado en el barco, que lo que pasa es que el río se pone muy bravo en esta zona, que hacia Carrasco el agua hace remolinos y se los traga..., en este último tiempo viene pasando eso...

—Y los ahogados, ¿son gente de acá?

—Dice que no, que es gente que ella no conoce… Que empezaron a llegar el invierno pasado pero que este año hay más, que todas las semanas el agua trae a alguno.

●

—No quiero que estés triste, algún día esto va a terminar.

—Si no te hubieras metido en el sindicato…, si los de la organización nos hubieran dado una mano, no tendríamos que estar escondidos aquí. Esto me hace acordar a…, a…, el río tan ancho, toda esta mierda de inmensidad —dijo ella. Después le dejó a la criatura y se fue a caminar entre los pinos; traspiraba como una loca pese al frío, pero caminó y caminó y acabó por calmarse. Tardó en volver; entró tiritando, se frotó las piernas sobre la pollera de lanilla dos talles más grande, la pollera como una bolsa oscura hasta los tobillos. Entró, encendió el calentador y puso las manos sobre la llama,

casi hasta quemarlas. Tras el vidrio sucio, ese que no habían querido limpiar, vio la sombra de los pinos, como manchas de cuerpos, en el atardecer helado que llegaba, y más allá, abriéndose paso apenas entre los troncos y las copas, el color más claro de las dunas. Se quedó largo rato, así, como una oveja, entregada…

—*Anoche tuve un sueño…* —dijo como si volviera de un viaje—, *había un corral con animales, y de repente me doy cuenta de que uno de esos animales era yo…, abría la boca y quería decir algo, pero me habían cortado la lengua…*

—*Estás nerviosa, no descansás* —dijo él, pero ella siguió, como si no lo hubiera escuchado…— *trataba de decirte que… pero no tenía lengua. Yo estaba enferma, los dos estábamos enfermos…, vivíamos en un hospital y alguien nos ponía hielo en la frente. Nos salía agua por los ojos y por la boca… después me hundía, tenía la cabeza y el cuerpo debajo del agua, y sacaba el brazo, sacaba la mano con...*, le costaba seguir, él se acercó, quiso acariciarla pero ella empezó a dar patadas, puñetazos al aire, decía *dejame, ¡dejame, te digo!*, y le golpeaba el pecho... *lo tenía en la mano para que no se ahogara, él era recién nacido, pobrecito mi amor, y yo no aguantaba más, por eso te pedía que lo agarraras... no era un río, era un océano... y vos eras muy grande, un gigante, tenías como dos metros, y nos empujaste hacia unos pinos, unas agujas que había en el fondo...* La voz le salía entrecortada, costaba mucho entenderla, pero se limpió la nariz con la manga del pulóver y se calmó un poco... *yo quería explicarte, quería decirte que era yo, pero vos no sabías que yo era yo, no me creías..., yo te quería decir sobre los ahogados, de dónde venían esos ahogados... Te decía que...* y entonces se largó a llorar a gritos, tapándose la boca para que no la escucharan, para no escucharse. Él la abrazó como aquella vez de hacía ya tanto, tan fuerte la abrazó y estuvieron tan cerca que por un momento volvió a sentir lo que había sentido aquella vez, ...apretados los dos, mientras, ahogada por su propio llanto, ella gritaba *tenía cortada la lengua, por eso no podía hablar, pero quería decirte..., decirte...*

decirte... que ellos

no son ahogados…

En memoria de todos ellos

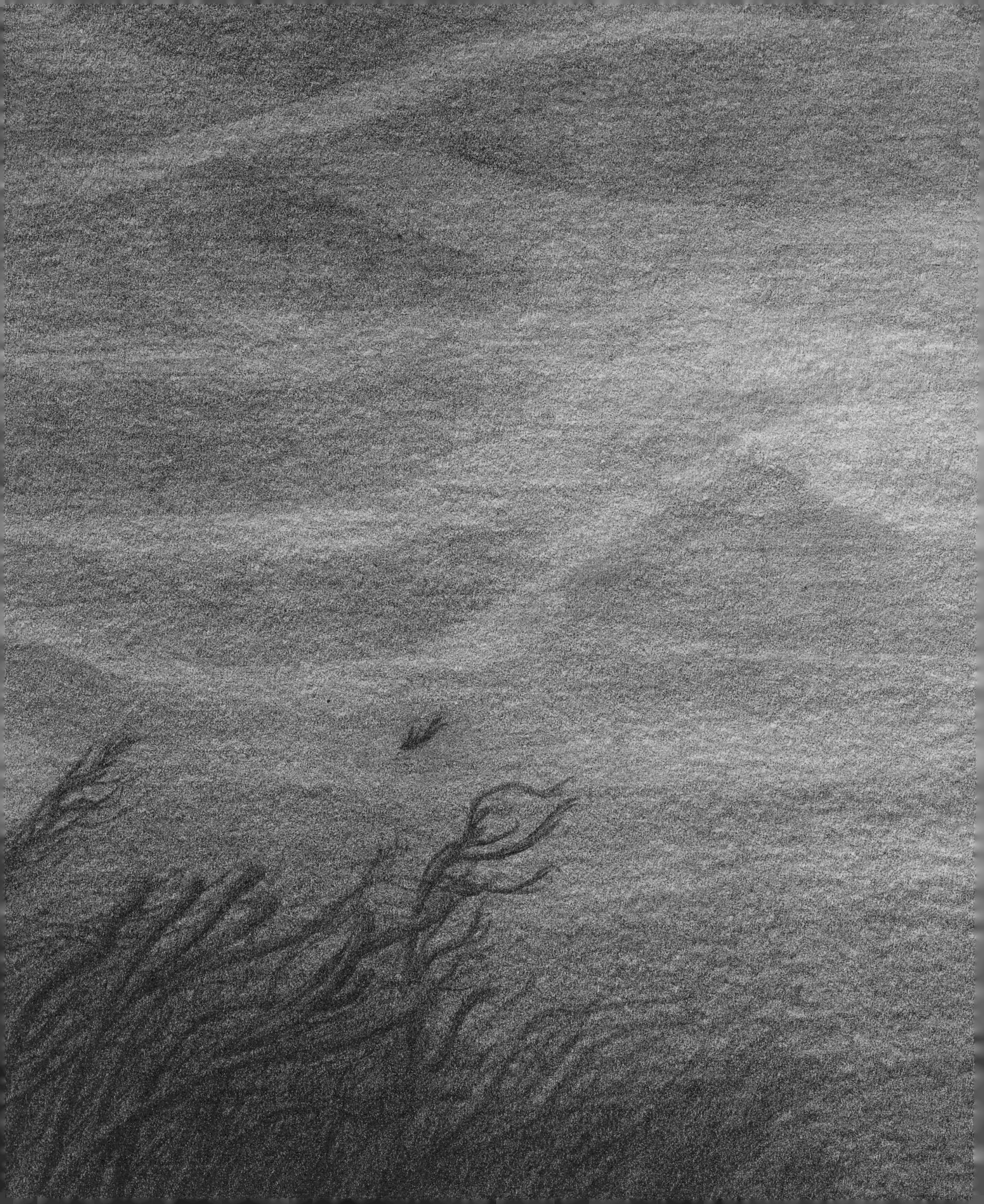

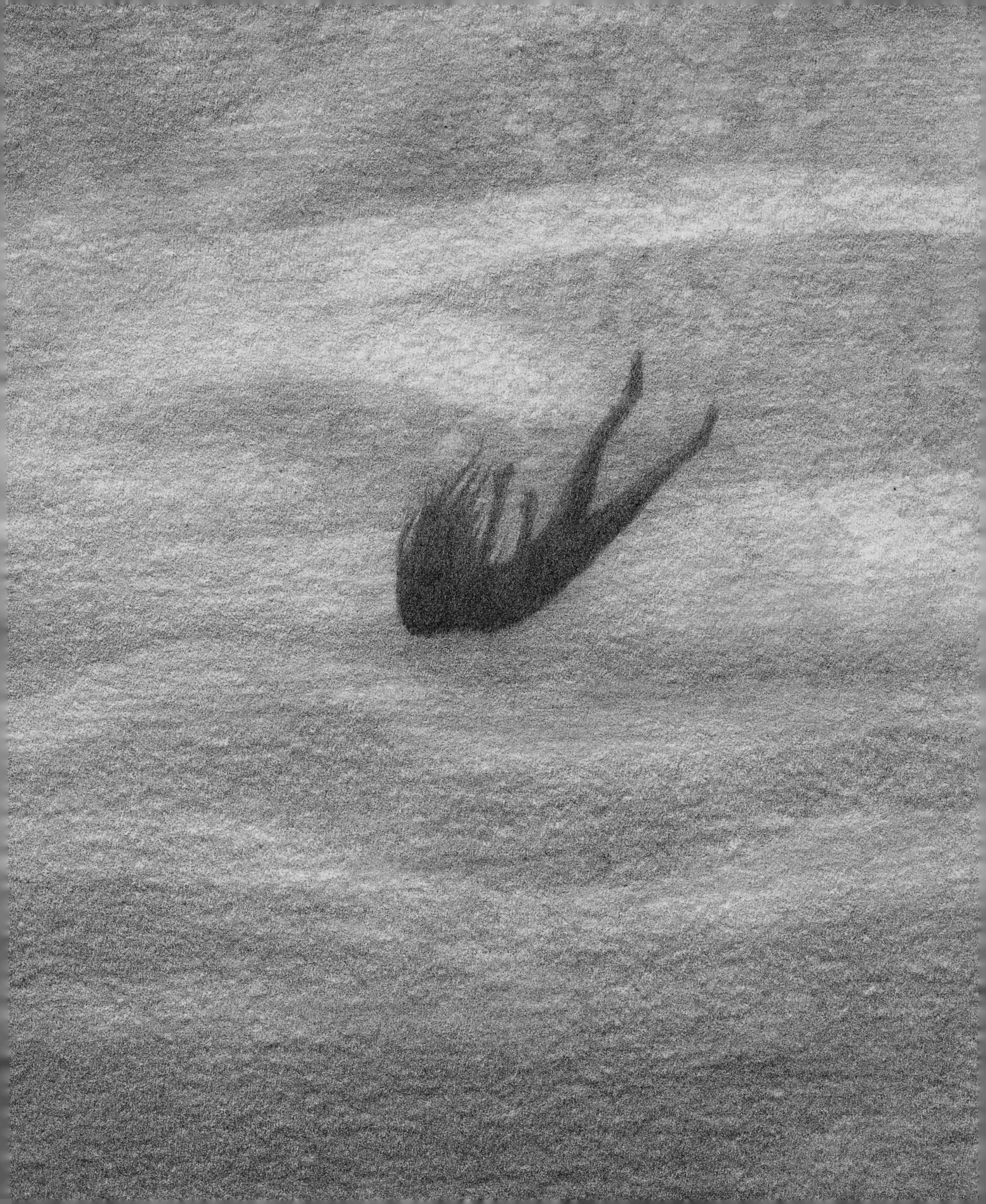

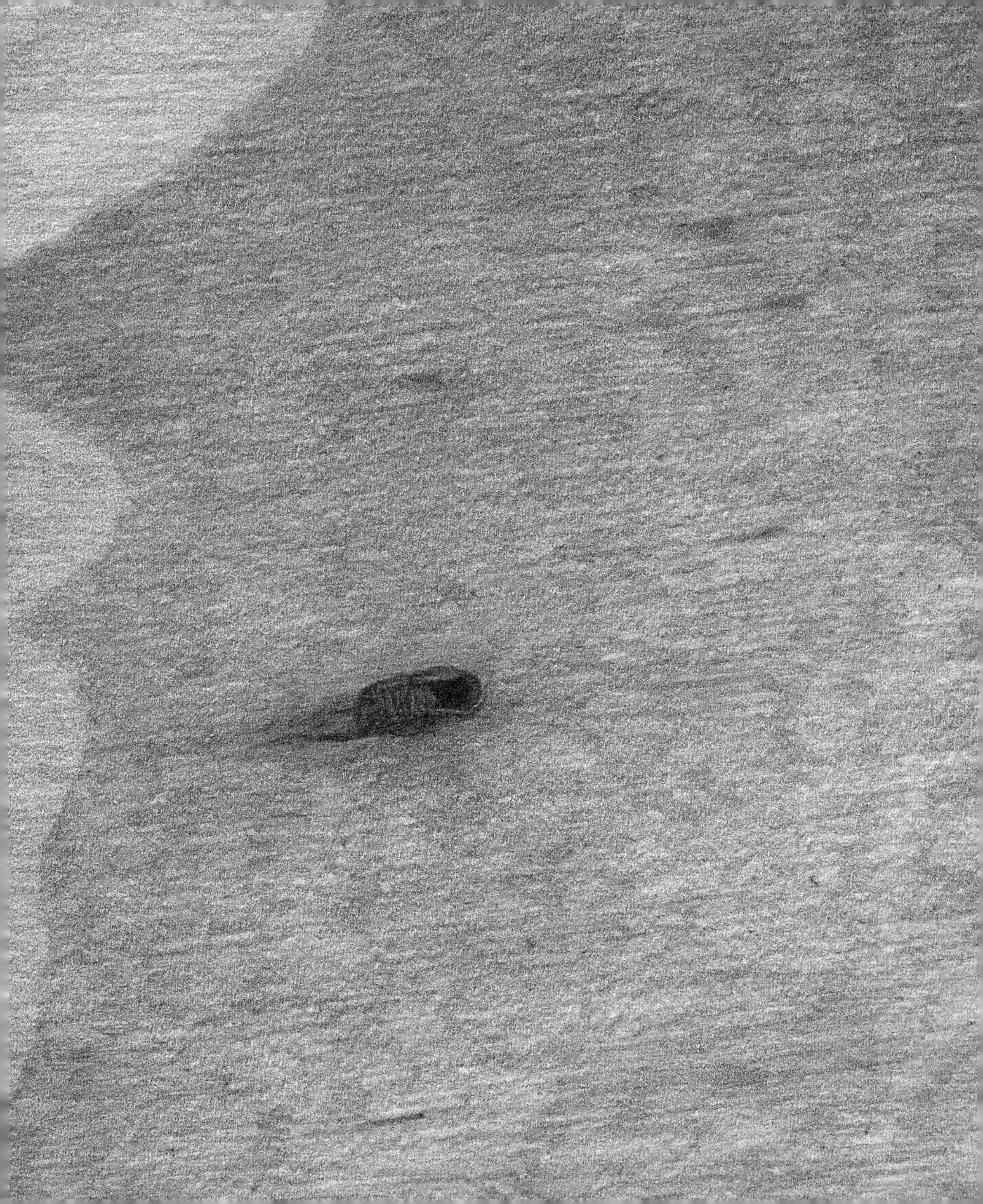

LOS AHOGADOS

PRIMERA EDICIÓN abril de 2017

Calle 39A Nº 20-55, Bogotá
Teléfono +571 2458495
editorial@babellibros.com.co

c/o Agencia Literaria CBQ SL
info@agencialiterariacbq.com

EDICIÓN María Osorio
REVISIÓN DE TEXTO
Beatriz Peña Trujillo
ASISTENTE DE EDICIÓN
María Carreño Mora
DISEÑO DE COLECCIÓN
Camila Cesarino Costa

ISBN 978-958-8954-41-7

Impreso en Colombia por
Panamericana
Formas e Impresos S.A.

frontera ilustrada

CORAZÓN DE LEÓN ANTONIO UNGAR + SANTIAGO GUEVARA
LA MUJER DE LA GUARDA SARA BERTRAND + ALEJANDRA ACOSTA
LOS AHOGADOS MARÍA TERESA ANDRUETTO + DANIEL RABANAL
LOS IRLANDESES JAIRO BUITRAGO + SANTIAGO GUEVARA

5